EX LIBRIZ

Este libro pertenece a:

_____

Mi GLOBO AMARILLO®

POR Tiffany Papageorge

ILUSTRADO POR ERWIN MADRID

MINOAN
MOON
PUBLISHING
SAN FRANCISCO, CA

"¡No! Se supone que duela.
¡Así es como sabes que
significaba algo!"

~ Peter and the Starcatcher

"Ningún amor, ninguna
amistad, puede cruzar el
camino de nuestro destino
sin dejar alguna marca en él
para siempre".

~ François Mauriac

Para el hombre del globo
y para mi extraordinaria familia,
Paul, Demetri, Timothy y Arianna,
que él ató a mi corazón.

∼ TP

Para mi mamá y papá,
Felicitas y Silvano

∼ EM

¡Por fin! El carnaval había llegado al pueblo.
Joey atravesó la gran entrada corriendo.
Sus padres apenas podían
seguirle el paso.

Joey olía las palomitas de maíz con mantequilla. Oyó la música alegre que surgía desde las atracciones iluminadas por luces brillantes. Por el camino, hombres de carnaval llamaban, "¡Venga por aquí!", para dar la oportunidad de ganar un premio de los muchos estantes detrás de ellos. Entonces Joey vio algo que lo hizo detenerse.

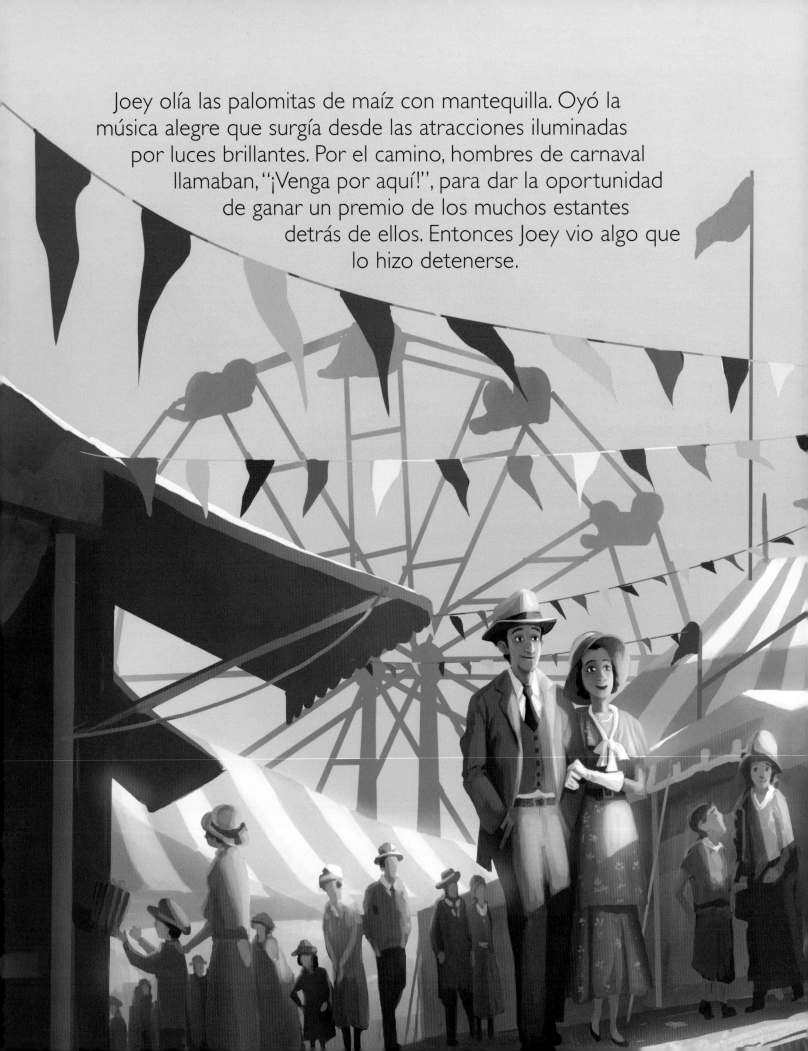

Cientos de globos grandes y brillantes flotaban, como si estuvieran encantados, en el aire como una nube de muchos colores. Lentamente, Joey se acercó a ellos.

El viejo sabio
atrajo a Joey
con su voz profunda.
"¿Quieres un globo?"
preguntó.
"¡Oh, sí señor!"
"¿Cuál, Joey?" preguntó su
madre.
"Um, no sé".
Dijo Joey, fascinado.

"Este es tu globo Joey".
Sin ni siquiera mirar
hacia arriba, el vendedor
de globos haló uno de los
muchos hilos y salió un
globo amarillo brillante.

El vendedor de globos amarró el hilo alrededor de la muñeca de Joey y dijo: "Aquí, déjame atarlos, el uno al otro".

A partir de ese momento, nunca se separaron.

Todas las mañanas el sol de verano bailaba
por la ventana de Joey y los pájaros
cantaban su canción del despertar,
deseosos de ver a los
dos amigos corriendo
en sus aventuras.

Las abejas,
los perros del vecindario,
y los viejos árboles de roble
disfrutaban viéndolos
jugar día tras día.

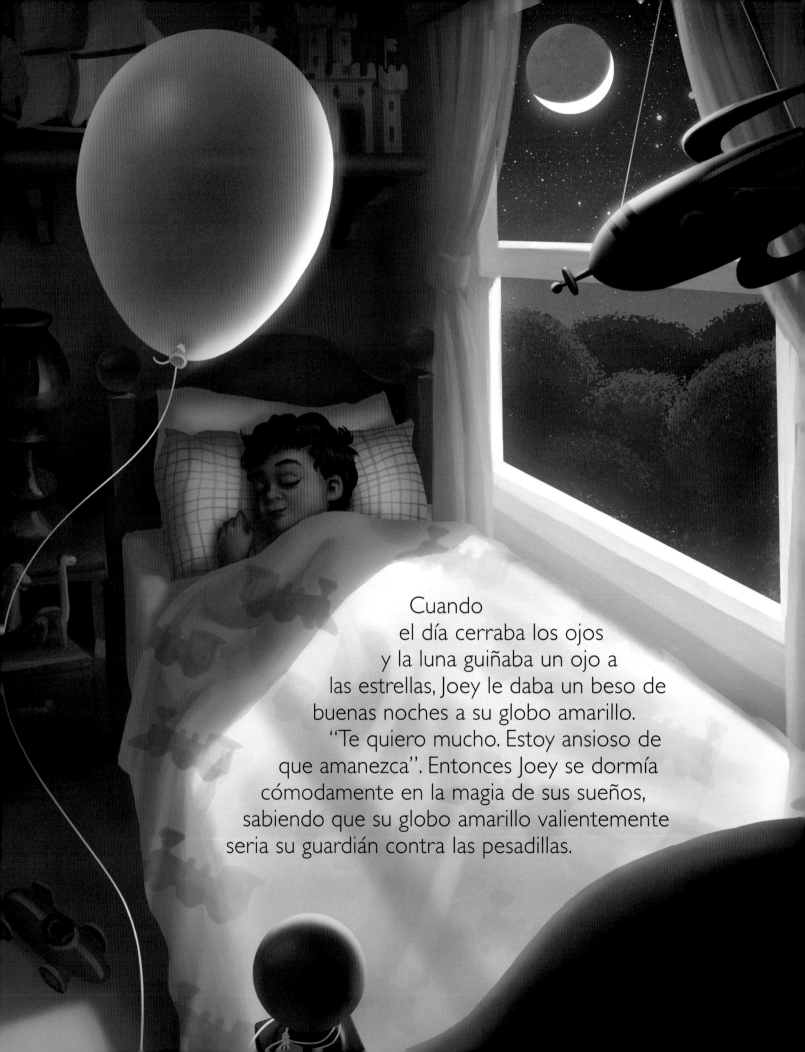

Cuando
el día cerraba los ojos
y la luna guiñaba un ojo a
las estrellas, Joey le daba un beso de
buenas noches a su globo amarillo.
"Te quiero mucho. Estoy ansioso de
que amanezca". Entonces Joey se dormía
cómodamente en la magia de sus sueños,
sabiendo que su globo amarillo valientemente
seria su guardián contra las pesadillas.

Entonces un día

en un segundo

todo cambió.

Joey y su globo amarillo estaban jugando y de alguna manera, de algún modo, se le deslizó de la muñeca.

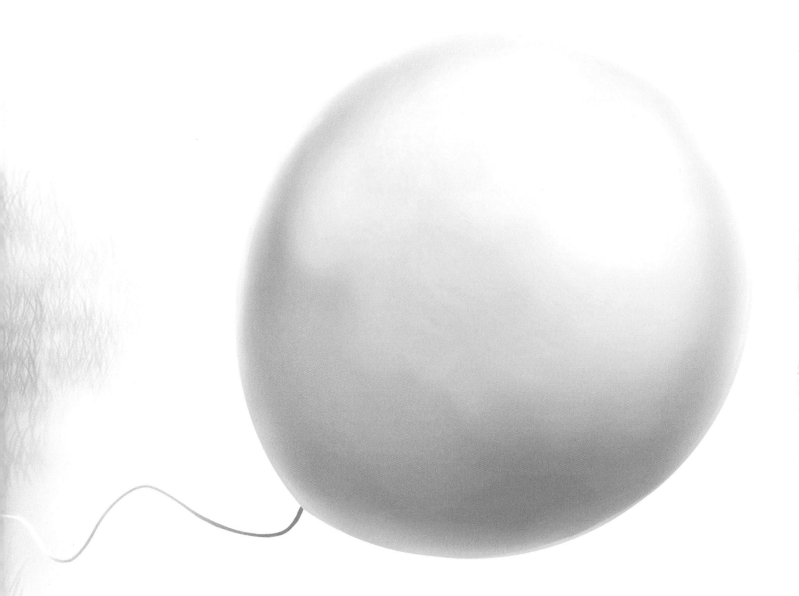

Empezó a alejarse antes de que Joey supiera lo que estaba sucediendo.

"¡Baja!" gritó Joey.
Su globo amarillo estiró su hilo
con toda su fuerza, pero no logró bajar.

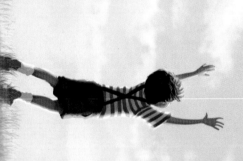

Joey miraba, con su vista empañada
de lágrimas, mientras su globo amarillo
volaba cada vez más alto.
No le quitó la vista
hasta que desapareció
en el infinito cielo azul.

Joey corrió a buscar a su madre.

"¡Mi, mi globo amarillo! Se ha ido", sollozó Joey.

"Oh, cariño", dijo ella. "Vamos a buscarte
un juguete nuevo. Eso te hará sentir mejor".

"¡No! Lo único que quiero es mi globo amarillo. Recupéralo",
exigió Joey. "¡Por favor! ¡Haré cualquier cosa si lo recuperas!"
"Ojalá pudiera", dijo ella.

Joey corrió hacia su habitación
para estar totalmente solo.

Joey se sentía
enojado.

Se sentía **confundido.**

Se sentía muy **triste.**

"Quisiera que regresaras", suspiró Joey.
Lloró, lloró y lloró un poco más. Lloró tan fuerte
que cayó en un sueño, tan real . . .

En su sueño, el globo amarillo de Joey estaba con él
y ambos comenzaron a volar . . .
Más allá de los árboles meciéndose al viento . . .
Más allá de las aves volando altísimo . . .
Más allá de los picos de las montañas
y hacia la profundidad del
universo de Joey.

Muy lejos, escuchó . . .

"Despierta, Joey. La cena está lista".

Abrió sus ojos pesados. Recordó que su globo amarillo había desaparecido y las lágrimas volvieron a brotar. Su madre y su padre lo mantuvieron cerca hasta que se sintió seguro y amado.

El resto del verano
Joey extrañó su globo
amarillo todo el tiempo.

Entonces, un día estuvo triste *la mayor parte* del tiempo en vez de todo el tiempo.

A medida que pasaba el tiempo, estaba triste *mucho* tiempo en vez de la mayor parte del tiempo.

Entonces llegó el día en que Joey se sentía triste
sólo *una parte* del tiempo.

Durante uno de esos días de sólo-una-parte-del-tiempo,
la madre de Joey lo llevó al parque a alimentar a los patos.
El aire frío le envolvió mientras las nubes oscuras de primavera
colgaban como sacos enormes de lluvia atesorada.

Joey sintió un cálido cosquilleo en su espalda. Algo llamó su atención en el agua. Era brillante y amarillo. ¡El corazón de Joey sobresaltó en su camisa!

"¿Mi globo amarillo?", susurró.

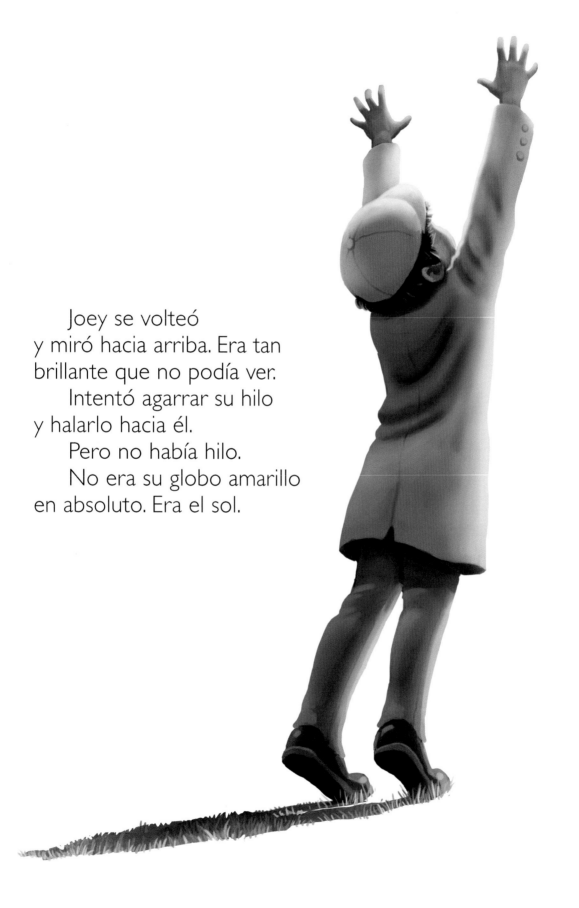

Joey se volteó
y miró hacia arriba. Era tan
brillante que no podía ver.
    Intentó agarrar su hilo
y halarlo hacia él.
    Pero no había hilo.
    No era su globo amarillo
en absoluto. Era el sol.

Había pasado mucho tiempo desde que Joey se fijara en el sol.
Le recordó tanto su globo amarillo
que tuvo que sonreír.

Una vez más

en un segundo

todo cambió.

Con ternura, el sol lo calentó.

"Aún te extraño", dijo Joey. "Pero, cada vez que vea al sol, grande y brillante, te sentiré conmigo. Dondequiera que esté, donde quiera que vaya, eres parte de mí y yo soy parte de ti. Somos uno parte del otro por siempre".

Gracias a aquellos, tanto aquí como más allá,
que han inspirado y tocado esta historia a lo largo del camino.

Tiffany Papageorge siempre ha tenido un profundo amor por las historias. Obtuvo su Maestría en Bellas Artes del American Conservatory Theater en San Francisco. A través de su extenso conocimiento del teatro, que abarca un período de 25 años e incluye trabajos con CBS y Disney, aprendió de primera mano cómo las historias pueden tocar y afectar profundamente el espíritu humano. Como autora y oradora pública, trabaja con padres, maestros y profesionales de la salud mental que quieren encontrar nuevas maneras de alcanzar, sostener e involucrar a los niños, incluyendo aquellos que están lidiando con el tema de la pérdida. También trabaja con niños directamente a través de las historias para ayudarlos a crecer, sanar y florecer. Ella y su marido, Paul, viven en Los Gatos, California, con sus tres hijos. Mi globo amarillo es el primer libro para niños de Tiffany. Visite su sitio web en tiffanypapageorge.com

Erwin Madrid nació en Filipinas y creció en San José, California. Obtuvo su título universitario de Bellas Artes en ilustración del Academy of Art College en San Francisco. Durante su último semestre de la universidad, Erwin fue contratado por PDI / DreamWorks Animation donde contribuyó en las ilustraciones de la producción para el largometraje de animación, Shrek 2. Más adelante se convirtió en artista visual de desarrollo para las franquicias de Shrek, Madagascar y Megamind. Erwin también ha hecho arte conceptual para la industria de videojuegos para títulos como Uncharted: Drake's Fortune. Ahora trabaja a tiempo completo como ilustrador de libros infantiles. Más información sobre Erwin puede obtenerse en erwinmadrid.blogspot.com

Publicado por Minoan Moon Publishing
100 Pine St., Suite 1250
San Francisco, CA 94111

Ilustrado por Erwin Madrid
Traducido al español por Fernando Aquino; Melissa Coss Aquino
Versión original en inglés editada por Rebecca McCarthy
Diseño de Michael Rohani

Datos de catalogación del Editor en la publicación

Papageorge, Tiffany.
Mi globo amarillo / por Tiffany Papageorge ; Ilustrado por Erwin Madrid

Páginas : ilustraciones ; cm
Resumen: Joey va al carnaval y hace un nuevo amigo: un brillante globo amarillo. Joey y su
amado globo lo hacen todo juntos, hasta que el globo accidentalmente se desliza de la
muñeca de Joey y vuela lejos, muy lejos. ¿Qué hará Joey sin su amigo especial? Una historia
de amor, pérdida y abandono que sirve de guía reconfortante para los niños que están
navegando las complicadas emociones de la aflicción.

Edades de interés: 003–008
ISBN: 978-0-9903370-6-5 (Spanish)
ISBN: 978-0-9903370-0-3 (English)

1. Globo--ficción juvenil.   2. Amistad--ficción juvenil.   3. Pérdida (Psicología) en
niños--ficción juvenil.   4. El dolor en los niños--ficción juvenil.   5. Globos--Ficción.
6. Amistad--Ficción   7. Pérdida (Psicología)--Ficción.   8. Dolor--Ficción.
I. Madrid, Erwin. II. Título

PZ7.P363 My 2018
[E]
Impreso en los Estados Unidos de América
10 9 8 7 6 5 4 3 2 1
Primera edición

Nota del traductor: Reconocemos que, en los países de habla hispana, algunas palabras han
adquirido coloquialmente nuevas formas de pronunciación y la escritura. Hemos elegido el
uso de halar pero reconocemos el uso regional de jalar.